김의순 시집

혼자의 영혼이
외로워할 때

혼자의 영혼이 외로워할 때

발행일   2023년 3월 16일

지은이   김의순
펴낸이   손형국
펴낸곳   (주)북랩
편집인   선일영   편집   정두철, 배진용, 윤용민, 김부경, 김다빈
디자인   이현수, 김민하, 김영주, 안유경   제작   박기성, 황동현, 구성우, 배상진
마케팅   김회란, 박진관
출판등록 2004. 12. 1(제2012-000051호)
주소   서울특별시 금천구 가산디지털 1로 168, 우림라이온스밸리 B동 B113~114호, C동 B101호
홈페이지 www.book.co.kr
전화번호 (02)2026-5777   팩스   (02)3159-9637

ISBN   979-11-6836-781-4 03810 (종이책)   979-11-6836-782-1 05810 (전자책)

(주)북랩 성공출판의 파트너

북랩 홈페이지와 패밀리 사이트에서 다양한 출판 솔루션을 만나 보세요!

홈페이지 book.co.kr   •   **블로그** blog.naver.com/essaybook   •   **출판문의** book@book.co.kr

작가 연락처 문의 ▶ ask.book.co.kr

작가 연락처는 개인정보이므로 북랩에서 알려드릴 수 없습니다.

김의순 시집

혼자의 영혼이
외로워할 때

삶이라는 이름의 여정 속에서
오늘이 고된 이들에게 건네는 위로와 통찰

북랩

머리글 /

당신은 외로운가요?

월화수목금토일 다이어리에 일주일 내내 빼곡하게 적혀있는 약속으로 하루하루가 정신없이 지나가고, 쉬고 싶어도 쉴 수 없는 자신을 돌아봅니다. 그래도 정말 바쁘게 많은 이들과 잘 어울리며 살고 있다는 자부심으로 피곤함도 잊어버립니다.

그러던 어느 날, 정작 자신이 어려움을 겪어 그 많은 이들에게 도움을 요청하지만 돌아오는 답은 냉정한 거절뿐일 때, 무엇인가에 뒤통수를 맞은 듯 어안이 벙벙하고 너무도 참담하고 바쁘게 만나며 살아온 시간이 야속하기만 합니다.

엄습해오는 외로움을 견딜 수 없어 사람도 만나기 싫

고 홀로 모든 것을 이겨내고자 발버둥 쳐봅니다. 하지만 주변에 사람이 많아도 외롭고 혼자 있어도 외로운, 즉 협의의 외로움을 이해하지 못한다면 그것을 극복할 수 없습니다.

협의의 외로움은 태어날 때 혼자이고 돌아갈 때도 혼자이듯 인간은 태생적으로 외로운 것을 말합니다. 그 외로움을 이해하고 불가근 불가원不可近 不可遠을 근간으로 사회생활을 한다면 외로움은 반감될 수도, 느껴지지 않을 수도 있습니다.

하지만 인간으로 태어나서 극복하기 힘든 광의의 외로움은 살며 살아가는 동안 정말 풀 수 없는 커다란 숙제이자 고통입니다. 그것은 현실에서 자기 자신을 이해해주고 믿어주는 사람이 단 한 사람도 없을 뿐만 아니라 모든 것이 이해로 맺어진 관계라는 것을 느끼는 순간 더해집니다.

이렇듯 광의의 외로움은 그 누구엔가 본인의 허물을 말해도 이해하고 그것을 이용하지 않고, 자랑을 해도 진정한 축하 속에 뒷말로 욕하지 않고, 언제 어디서나 대화

하며 마음이 편하기에 한평생 단 한 사람이라도 만나기 힘들기에 극복하기 어려운 것입니다.

당신은 외로운가요?

그 답에 앞서 당신은 그 누구를 위해 삶과 죽음을 바꾸어도 될 대상이 있는지? 어느 누가 당신을 위해 삶과 죽음을 바꿀 수 있는 사람인지를 먼저 생각해보세요. 그리고 그 어느 것도 알 수 없다면 주변의 지인과 만나면서 진심 어린 대화와 시간을 보냈는지 돌아보세요.

뒤돌아본들 역시 알 수 없다면 차라리 피할 수 없는 본능이라 생각하는 것이 어떨까요?

그리고 책과 함께 오늘의 자유를 향유하세요.

2023년 3월 17일 온생 김의순

목차

머리글 •*4*

양심

이 일을 하면
당신의 눈에 눈물 고이고

하지 않으면
나의 눈에 눈물이 나고

몰래 하려니
어디 구석에 흔들림 무엇일까요?

알고 싶지 않아
흘러내리는 눈물을 닦습니다.

그것은 나의 눈물보다
곁에 있을 당신이 더 소중하기 때문입니다.

미안합니다

하고 싶은 것이 있습니다.
하고자 하는 것도 많이 있습니다.
그러나 지금 해야 할 일이 길을 막고 있습니다.

절박하고 절실한 하소연을
모른 체 할 수 없어
묶은 신발 끈을 조용히 풀어봅니다.

시간이 지나 아픔과 슬픔이 있더라도
나만의 내일보다 함께하는 오늘이
더 행복할 것이라 믿습니다.

이제야 알 수 있습니다.
나만의 욕망으로 한 조그마한 언행조차
당신에게 얼마나 큰 아픔이란 것을….

주적 主敵

흔들리지 흔들지 않게~
어깨동무 동지들은 노래와 함께
크게 외치고 있다.
독재타도! 독재타도!

이에 맞서는
전경들의 군화 소리와
방패를 땅에 두드리는 소리가 함께 한다.
쿵쿵쿵! 쿵쿵쿵!~딱딱딱! 딱딱딱!

와~소리를 신호로
둥글고 검은 최루탄이 펑펑펑
방망이 들고 물밀듯이 몰려오는 전경들에
코, 눈에는 고통의 피고름과 들려오는 비명소리.

호연지기浩然之氣 어디 갔나

대열은 속절없이 무너지고

살기 위해 광속으로 뛰는 동지들….

바람같이 날아가는 뜀박질 속

떠오르는 한 가지…

지금의 주적主敵은

정부인가?

전경인가?

다락방

서울특별시 하월곡동 산2번지 산꼭대기에
구멍 숭숭 벽과 비바람에 날리는 슬래브 지붕의
초라하고 작은 집이 있습니다.

사람들은 이곳을
판자촌이나 빈민촌으로 부르며
안쓰러운 눈초리로 바라봅니다.

하지만 이곳의 아담한 다락방에서 보는
서울의 야경이 얼마나 아름다운지 모르고
뒷산의 맑은 공기와 기운을 알지 못합니다.

더욱이 오르고 또 오르고
더 올라야 도착하는 이곳에는
가진 것 없어도 행복한 정겨움을 알지 못합니다.

그러나 그들이 절대 알 수 없는 것은
아비 없는 호로자식 소리 듣기 싫어
오늘도 눈물 감추고 숨죽이고 사는
삼 남매의 소중한 보금자리라는 것입니다.

아쉬움

눈 앞에 펼쳐진 상황을
믿을 수가 없습니다.

1분 전만 해도 평범했던 생활이
뒤죽박죽 만신창이

아~
되돌릴 수 있다면

그럴 수 없다면
이제 모든 것을 인정해야 합니다.

그것이 너무도 고통스러워
너무도 믿고 싶지 않아도

되돌아갈 수 없는
지금 이 순간….

떠나갑니다

받기만 하고 주는 것을 모르는 자
밉고 싫어도

받는 것이 당연하다고 생각하는 것에
더 화가 납니다.

사람을 표현하는 사람 인(人)자가
서로 의지하는 모습이기에

받고 싶고 주는 것은 아니지만
모르는 체하는 것은 만남을 의심하게 됩니다.

허울 좋은 사랑이란 굴레에서
이제 떠나려고 합니다.

기다림

그날이 설레어 날짜를 세면
그것은 기쁨이요

그날이 괴로워 날짜를 잊고 싶으면
그것은 슬픔이니,

당신은 오늘
어느 기다림인가요?

하지만

그날이 지나면 모두 잊고
허전함에 다른 기다림을 찾는 우리들.

돌탑

365일 아침 산책에 돌을 2개 주어
돌탑에 쌓아봅니다.

하나는 어제를 무사히 감사의 마음
하나는 오늘을 무사히 기원의 마음

누군가 다가와 물어봅니다.
왜 내일의 돌은 없나요?

허허허~ 만약 당신이 내일 똑같이 묻는다면
그때 말씀드리겠습니다.

아버지

찹쌀떡~ 메밀묵~
외침이 커갈수록
깊어져 가는 밤

대문에 인기척 없어
뒤척뒤척
아버지를 기다리다

마을 어귀 가로등에
기대어
하염없는 시간들…

멀리서 비틀비틀
오늘도 가족 위해
한잔하신 아버지
얼른 업고 집으로 가는 길

우리 아버지

언제 이렇게 가벼워지셨나.

전역

달라도 너무 다른
피부색에 함께하기 어색하고

달라도 너무 다른
언어에 함께하기 당황하고

달라도 너무 다른
문화에 함께하기 혼란스러웠던 시간들...

하지만 3년이 지난 오늘

동일한 언어와 제복 속에
융합된 땀방울이 자연스러운 카투사(KATUSA)

단결!
신고합니다.

병장 김의순은 일천구백팔십오 년 구 월 이십칠 일

전역을 명받았기에 이에 신고합니다.

단결!

PRESENTED TO

SGT KIM EUI SOON

71071487

JUL6.1983-SEP27.1985

FOR YOUR OUTSTANDING SUPPORT AND

DEDICATION AS GRADER OPERATOR AND

COOPERATOR FOR IMPROVEMENT OF FRIEND-SHIP

BETWEEN KATUSA AND US MILITARY

PERSONNEL TO THE EARTH MOVING PLT,

D CO 44TH ENGR BN(CBT.HVY)

GOOD LUCK IN YOUR FUTURE ENDEAVORS.

후회

오늘의 고통에 어제를 돌아보니
무엇이 잘못인지 알 수 없으나

내일을 생각하니
고뇌 가득 여정의 연속이니

어디서부터 어디까지
후회해야 하는 것일까?

오늘의 확신이 내일은 불만족 되어
반복되는 후회

후회 없는 생활은 가능한 것일까?

알 수 없어요

수많은 사람들과의 만남이 있습니다.

그때마다 서로가 말합니다.
당신은 나를 알고 나도 당신을 알아요.

하지만 이것은
아무런 의미가 없다는 것을 곧 알게 됩니다.

그것은

모든 사람이 서로를 알아도
정작 나는 나 자신을 모르기 때문입니다.

그림자

금강산, 봉래산, 풍악산, 개골산
계절마다 달리 불리는 금강산

하지만 금강산은
인간이 어찌 부르던 아무 관심이 없습니다.

그것은 인간이 편리를 위해
만들었고 느낄 수 없기 때문입니다.

그러나 우리는 서로를 비교하며
우롱해서는 안 됩니다.

그것은 모든 사람이
사회적 위치와 모습은 달라도
동시대 하루 24시간, 1년 365일을 함께 하며
소중한 자아白我가 있기 때문입니다.

당신이 누군가를 비교하며 비난하는 순간

곁에 함께하는 원망의 그림자!

지금 돌아보세요. 보이나요?

소중한 당신

생명은 형태가 다를 뿐 그 자체만으로 소중한 것입니다.
그 많은 형태 중 하늘이 정해주어
인간의 형상으로 태어났습니다.

그리고 그중 구별을 위해 아무개로 불립니다.
얼마나 소중한 개인인가요?

하늘은 개인에게 땅 위에서 활동할 수 있는
일정한 시공時空을 내려주셨고
그에 대한 보답의 의무로서 개인은
사회에서 긍정적인 역할과 타인에 부담됨이 없도록
노력해야 하는 것은 불문가지인 것입니다.

육체는 마음속의 의지를 실천해야 하는 수단이기에
육체의 고통을 이겨내야만
마음의 중심을 표현하고 지킬 수 있는 것입니다.

그러나 그 표현은 개인만의 안위를 위해서는 안 될 것이며
많은 타인과 더불어 지냄을 근간으로 해야 할 것입니다.

또한 가끔 환경이 개인을 혹독하게 몰아치더라도
생명의 소중함을 잊지 않고
기본, 겸손, 사랑 그리고 인내로서 그것을 달래야 할 것입
니다.

사랑

"사랑하오" 한마디 말보다
사랑의 은은한 눈빛이 아름답습니다.

사랑의 적극적 행동보다
사랑의 진실된 마음이 더욱더 아름답습니다.

사랑은 깊고 고요하기에
무척이나 신비롭습니다.

우리가 소중한 이유

하나, 둘, 셋…
세다가 잊어버리는 숫자

그 끝은 어디까지일까요?
억, 조, 경…

그러나 그것은 단지 인간의 약속으로 이루어진 숫자 개념
그렇다면 자연의 숫자 개념은 무엇일까요?

"무한"이란 숫자 아닌 단어로의 표기는
바로 우주가 아닐까요?

하지만 우리는 무한한 우주보다도
더 넓고, 깊은 사랑의 마음이 있기에
서로가 모두 소중히 생각해야 되지 않을까요?

봄

.

불그스레 사뿐히 떠오르는 동녘의 해님은
따사롭고 화사한 봄빛이 되어
드넓은 에메랄드빛 하늘을 낳고
땅 위에 생명의 온기를 불어넣어주어

하이얀 벚꽃과 분홍빛의 진달래꽃과
귀여운 다람쥐의 재롱과 어여쁜 새들의 화음으로

봄이란 빈 도화지에 온화함을 채색하여
우리 마음에 평안함의 새싹으로 그려지네요.

사춘기

세상을 밝히던 한낮의 해도 서산에 돌려주고
이제는 잔잔한 한기의 저녁 바람에 허전함이 오고

어디엔가 머물고 있을 멀고 먼 정겨움과
무엇 때문인지는 알 수 없으나 다가오는 그리움에
별님에게, 달님에게 마음을 전해봅니다.

아무 대답 없이 두루뭉술 달빛 사이로
어렴풋이 떠오르다 사라지는 얼굴에
마음이 울적, 눈물이 고입니다.

어디에 사는 누구일까? 이름은 무엇일까?
만나자고 하면 화를 내지는 않을까?
만약 만난다면 무슨 말부터 해야 할까?

두근거리는 마음에 어느새 해가 다시 찾아오네요.

추억

창가에 녹아내리는
하이얀 달빛은
가슴 깊이 스며들어
어여쁜 추억을 깨웠다오

뜨거운 열기로 가득한 모닥불에
새색시 수줍은 볼같이
불그스레 달아오른 그대의 모습은
무척이나 아름다웠다오.

적막으로 흠뻑 젖은
어둠 속에 은은히 흐르는
그대의 가냘픈 목소리는
무척이나 감미로웠다오.

별님이, 달님이 베풀어준

고운 빛 속의 속삭임 사이로
살며시 스쳐가는 어느 노인의 찬사에
무척이나 행복했다오.

창가에 녹아내리는
하이얀 달빛은
가슴 깊이 스며들어
어여쁜 추억을 깨웠다오

근본

미완성의 인간은 사랑을 포용하여
사랑에 젖은 그의 마음은 시로 표현되고

시는 음악으로 조화되어
그 음률 속에 마음의 서글픔과 고독함이 묻혀

어지러운 고통이 기쁨으로 어리어져
그것은 이내 추억이 되어 멀어감에

그것을 간직하고 싶은 인간은
사색 속에 문학이 되고

이것이 사고를 잉태하여
과학을 낳으니

살며 살아가며 모든 것의 근본은
사랑이어라.

미련

수많은 별의 향연이 끝나갈 무렵
투닥투닥 떨어지는 빗방울
이내 커다란 물방울 되어
주위는 지나간 향수로 넘쳐난다.

무겁게 떨어지는 빗방울로
땅 위는 많은 낙엽이 쌓이고
그것들에는 마음 깊숙이 자고 있는
스쳐 간 아름다운 기억들이 있었다

떨어진 낙엽을 주워 나뭇가지에 붙여본들
다시 살겠는가만은
안타까운 마음으로 앙상한 나뭇가지를 바라보며
그것들을 붙여 보려 노력한다.

아가와 어머니

어머니의 포근한 품속에서
마냥 즐거운 듯
젖을 빠는 아가를 보는
어머니의 사랑 가득한 눈길

떼 쓰는 아가를 달래며
어머니의 조용한 자장가에
어느새 쌕쌕 잠든 아가의 얼굴에
입 맞추는 어머니의 따스한 입술

아가의 가느다란 아픔에
잠 못 이루며
아픈 곳을 어루만져주는
어머니의 걱정스러운 손길

아장아장 걸으며

어렵게도 엄~ 마를 부르며

다가오는 아가의 모습을 보는

행복에 잠긴 어머니의 온화한 모습.

강촌

어디서 흘러왔는지
나의 시야를 촉촉이 적셔주는
말 없는 봄비
외로이 걷노라니
고맙게도
대자연은 친구가 되어주겠다는 듯이
속삭인다.

잔잔한 물 소리, 은은한 바람 소리,
가느다란 미풍에 살랑살랑 고개 흔드는
나뭇가지들…

저 멀리서 기다란 기차는
고마운 대자연의 속삭임을
질투하듯이
요란한 괴성을 버리고는 달아난다

아… 아…

참으로 기쁜 날이다.
참으로 아름다운 시간이다.

언제고 잊지 않으리

떠남

눈물로 채색된 그리움에
당신에게 다가가는
펜대를 꺾기 몇 번…

당신의 목소리를 품은
공중전화를 우롱하기 몇 번…

기다림 속에 맺은
굳은 약조는 이내 물거품 되어버려
상처 입은 믿음의 신음 소리

찍힌 주제로 허공을 떠다니는
시간의 고동 소리…

서산에 걸터앉아 말없이
사라져가는 황혼에 담겨 있는 추억을
그 누가 아름답다고 하겠소

묵묵히 멀어만 가는 오만한 시간이여
내 당신에게 묻노니…?

만남이 무엇이오? 헤어짐이 무엇이오?
외로움에 뒤엎힌 나의 양식
무관심에 부식되어버린 나의 육체

하지만, 하지만…
당신의 방황길에 한숨 쉬진 않겠소.

그것은 젊은이의 한숨은 청춘의 포기와 같은 것이요

내가 나, 당신이 당신이기에 앞서
우리는 믿고 의지하며 살아가야 할
불완전한 인간임을 느끼기 때문이라오.

옛 사랑

삶의 시간이 시작됨에
죽음의 멈춤을 향해간다.

육체라는 긴 여정의 미로 속에
울고 웃는 모습이 있다

걱정의 감정과 여유의 감정이
어우러지는 화합의 장도 있다.

하루라는 정해진 시간의 관념 속에
한 달은 순간, 일 년은 눈 깜박
한 생명은 소리 소문 없이 사라져간다

봄, 여름, 가을, 겨울…

반복되는 계절만큼이나 마음도 형상도 변해간다.

그러니 지나간 옛사랑 되찾아온들

그때 그 마음 어—찌 고정되어 있으리오

보람

길게 드리운 나의 그림자에
서산으로 넘어가는 하루의 황혼을 느끼며
진흙더미 현재의 청춘을 보며 미소 짓는다

언젠가 불도저의 첫 고동으로 조그마한 오솔길을 만들며
이 산의 고요한 평화를 파괴함의
죄책감으로 시작된 MLRS

떠나버린 꿩의 메아리와
그 많던 나무들의 자취도 그립건만
하나의 또 다른 웅장한 세계 창조에
젊은이의 땀이 자랑스럽기만 하구나.

이제 저주스럽던 한 여름의 뙤약볕 삽질과
기름내 가득한 우중충한 트럭 속으로
그리운 이와의 지킬 수 없는 약속을 실은 채
빗속에 젖은 처량한 모습을 돌아보며

귀대하던 안타까웠던 하루도

서늘한 가을바람에 흩날리는 수많은

낙엽 속에 감추어진

아름다운 청춘의 소중한 보람이 될 줄이야

어머님

못 배움의 아쉬움과 가난 속에
방울방울 맺혀 있는
눈가의 남모를 이슬…
길고도 긴 한 겨울밤을 지새우는 한숨 소리…

그러나 그 모든 것을
따스한 웃음 속에 감추고
포근한 가슴 속에 숨기며
오로지 자식 걱정에 하루를 보내시는
어… 머… 님…

어머님의 그 고고함에
감히 부르기 가슴 설레며
어머님의 언행을 생각하기에
어린 자식의 부족함이 마음 조이고
지금도 자식을 위해 기도하실
어머님의 모습이 아른거린다.

그 은혜와 은공…

어린 자식은 "어떻게 그것을 갚을 수 있을까?"하는 가슴

앓이

그날이면

7월 6일 매년 그날이면 잡힐 듯 말 듯
왔다가 사라지는 그때의 그림자…

입소의 환영으로 오리걸음 논산의 빡빡머리 첫날
어리둥절 풀쩍 여름, 가을, 겨울 그리고 봄이 3번 지난 오늘
이 색 저 색, 이 옷 저 옷 폼 잡는 내 모습에도
푸른 옷에 노란 작대기를 수놓았던
장정의 모습이 담겨 있으니…

청운의 모든 꿈을 단 한 순간에 국립묘지에 헌납할 뻔했
던 그때
산속의 외로움과 추위를 단지 국방부 시간의 약속으로 위
안을 삼았던 그때
드넓은 비행장 공사장의 끝없는 지평선에 걸려 있는 황혼
에 넋을 잃었던 그때
내일이면 휴가라는 생각에 밤새 옷 다리고 만날 사람 생

각에 가슴 들뜨던 그때

신나게 두들겨 터지고도 한 잔의 술에 기분 좋았던 그 얼굴들
밤새워 사랑과 우정, 연애와 결혼에 대해 입에 거품 물고 논쟁 아닌 논쟁하던 그 얼굴들
무서운 인상에 화난 듯한 행동으로 인해 개 아무개로 불렸던 그 고참
자대 첫날 "깜깜한 이 거리 나 여기 왜 왔나…" 노래로 호되게 얻어맞던 그 졸병

매년 이맘때면 그림자와 같이 항상 어김없이 나타나는 그리운 시간들…

그때 그 전우들은 지금 어떤 모습으로 생활을 하고 있을까?

판문점

같은 하늘 아래서
상이한 제복 속에
역사의 서러움을 감추어야 하는
슬픈 장소 있으니
가슴 저리는 안타까움이여…

하늘을 떠다니는 저 구름은
유유히 남, 북녘을 오가건만
같은 혈육인 나는 왜
서로의 제복에 얽매여
거부되어야 하는 것일까?

도끼 만행의 경악 속에
분단의 서글픔을 간직한 채
덧없이 서 있는 돌아오지 않는 다리여
왜 그것의 이름이 그렇게 불렸고
그 누가 그것을 그렇게 만들었단 말이오.

내가 자네고 자네가 나이건만

왜 우리는 이렇게

남에 의해 만들어진 건물 사이에서

언제까지 갈림의 고통을 당하고

언제까지 헤어짐의 슬픔을 가슴에 담아야 한단 말이오.

이산가족

하고픈 말이 많습니다.
듣고 싶은 말도 많습니다.
지나간 세월의 영상을
꼭꼭 눌러서 채우고 싶기 때문이랍니다.

그러나

떠나간 긴 세월의 공백을
어찌 몇 분 몇 시간의 세 치 혀끝으로
메울 수 있겠습니까?

헤어짐을 운명으로 감내하며
재회의 한없는 기다림을 위안 삼아
살아온 주름진 시간을
인간의 도구는 한순간에 앗아가고 있습니다.

차창 밖으로 마주치는 웃음 띤 젖은 눈가 사이로
수십 년의 공허만이 오고 갈 뿐입니다.

그리고

또다시 새로운 시간을 맞으며 생활해야 합니다.

잊으려는 노력도 잊지 않으려는 갈망도
푸르른 남, 북녘 하늘을 덧없이 오가는
날새처럼 무심히 떠나보내렵니다.

"부디 건강하게 오래오래 사세요"라는 마음 하나로…

숨바꼭질

처얼썩 처얼썩 무심히 밀려왔다 말없이 밀려가는 파도여
내 마음 너와 같이 무심했으면 좋겠구나

수많은 만남과 헤어짐에
감정의 흐느낌을 막을 길이 없는 것을
"인지상정"이란 단어로 표현해버려도
그 모든 것이 시간의 마술사인
망각이란 모습으로 나타남에
인간들의 명석한 흥겨움이 슬퍼만 지는구나.

그 마음 달래려 그 마음 거두려
글의 조화인 시를 통하여
막혀있는 마음을 풀려고 펜을 돌려보니
시 형태의 아름다움은 아랑곳없이
단순한 글 장난에 불과함이 부끄럽구나
불현듯 "홀로서기"란 단어가 고귀하게 느껴진다.

그러나 그것은 얼마나 어려운 고행의 길이란 말인가?

등대 없이 표류한 마음의 항해 속에
이제 어느 곳에선가 닻을 내리고 싶구나
태어나기에 앞서 정해져 있는 만남이 있다면
이제 시간의 숨바꼭질이 끝나기를…

어느 휴가

구불구불 길고 긴 강원도 산길만큼이나
쉼도 없이 흐르는 땀방울을 퍼내며
도착한 그곳은
바다의 광활함과 도시 곳 거대한 인파의 조화가 만들어낸
광포한 폭염 속 여름의 중심부임을 알려주었다.

그 누가 알려주지 않았고 그 누가 시키지도 않았으나
이내 반나신의 몸뚱이는 쩜벙, 쩜벙 짜디짠 바닷물에 인
사한다.

설사, 피박 그리고 쓰리고의 속 타는 마음도
처음 만난 얼굴들과의 어색했던 그 시간도
한여름 중심부의 잔잔한 수평선 바람과
그곳에 떠 있는 달빛을 안주 삼아
심폐를 가로지르는 흥거운 한잔 술에 씻기고
정거운 청춘의 하루는 내일을 기약하며 사라져간다.

그리고 또다시 잡을 수도 멈출 수도 없는 청춘의 한 모습은
잊혀가고 그때의 그 얼굴과 그때의 그 정경이
단지 그리워질 뿐이다.

코스모스

오늘도 하늘은 뜨거운 햇빛을 삼키고
다정하고 포근한 달빛을 토해내었다

하루의 일과는 이제 끝나가고
모든 세상은 나와 함께 침실로 들고 있다.

어디선가 들려오는
가을을 담은 귀뚜라미의 간간한 연주 소리에
계속 깊어가는 가을의 향취에
스며드는 나의 가슴은
조그마한 오솔길 양가로 하늘거리며
미소 짓는 천진난만한 코스모스를 한껏 품어본다

삶의 진심 속에 마음은 외롭고
삶의 허상 속에 심장은 뛰놀건만
끊임없는 세찬 바람과 함께 다가올 겨울에 아랑곳없이
고요한 미소와 상쾌함의 코스모스가 되고 싶다.

심적 여유

떨어지는 낙엽을 보며
우수에 젖을 수 있는 것은
가진 자의 심적 여유이어라.

혹독한 눈보라의 추위 속에
따끈따끈한 군고구마에 흡족해할 수 있는 것은
있는 자의 심적 여유이어라.

파릇파릇 피어오르는
새 생명의 신선함을 느낄 수 있는 것은
아는 자의 심적 여유이어라.

머리 위의 뙤약볕에 아랑곳없이
흘러내리는 땀방울을 기쁨으로 느낄 수 있는 것은
뛰어난 자의 심적 여유이어라.

죄와 벌

아아 신이여
자비롭고 온화한 마음으로
이 어리고 나약한 인간을 돌보아 주소서

자욱한 안개 속에 둘러싸인
외로운 나의 뇌리는
수많은 번뇌로 번득인다.

왜 나는 공허한 인간세계에
적籍을 두어야 하는 것일까?
필시 전생의 죄로 인한 벌이려니…

죄 많은 전생
언제나 갚을 수 있을까?
회개한 곳에 죄는 사면될 수 있는 것일까?

인과因果의 진리는 울부짖건만

모든 인간은

외면해왔다네.

미래의 촛불은

거침없이 타들어 가건만

인간의 업은 자꾸자꾸 늘어만 가는구나

도대체

삶과 죽음, 죽음과 삶

어느 것이 능사란 말인가?

독립된 생활은

독립된 생활인의 모습은
자신감을 갖되 자만하지 않고

여유를 갖되 방심하지 않고
타인을 사랑하되 소유하려 하지 않고

타인을 존중하되 자신을 잃지 않고
뛰어난 타인을 인정하되 비굴하지 않고

크지도 작지도 않은 평상의 모습으로
모든 것에 대한 감사와 고마움의 기도 속에
믿음과 사랑의 생활 아니던가

사색 1

하나만을 생각하는 자
백을 얻지 못할 것이요

백만을 생각하는 자
하나도 얻지 못할 것이니

모름지기 백을 얻으려는 뜻은 갖되
조그마한 하나에 소홀함 없어야 한다

그것은 하나가 열이 되고 열이 백이 되는
간단한 이유이기 때문이다.

사색 2

반복되는 자기 정당화에
욕망에 부응하는 노력 있으니

어김없이 게으름은 스며들어
무기력과 무관심의 자아로 가득 차고

이내 자아 상실의 샘이 되어
자기 절망의 썩은 우물 이루네.

사색 3

어떠한 현실이라도 그것을 인정하고 성실해야 하지만
현실에 얽매여 초라하거나 초조한 행동은 삼가야 한다.

그것은

자신은 살아지는 것이 아니라 살아가야 하는 것이고
자신의 얼굴은 이루어지는 것이 아니라 이루어가야 하기
때문이다.

가면

가식의 누더기를 입고
웃고 울며 생활해야 하는 현실 속에
진정의 마음과 진실을 표현할
장소와 시간은 어디서 잠자고 있는 것일까?

많은 가식의 언어는 주위의 환경을
웃음으로 포장하건만
돌아오는 공허의 메아리를 담아 둘
공간은 어느 곳에 존재하는 것일까?

이미 흩어진 믿음은
먼지 되어 허공을 떠다니고
그 속에서 호흡하며 나는
오늘도 혼탁한 이 거리를 거닐고 있다.

나의 진정한 모습은 어디요?

당신의 진실된 모습은 어디요?

이—곳이오?

저—곳이오?

피로해진 육체를 달래는

외로운 영혼은 자신을

영원이라는 속임수의 단어 속에 맡긴 채

환상의 아침 해를 바라보며 미소 짓는다.

자연과 사람

그런 것이 아니지요
그래서는 안 되지요
인위의 환경 속에 자신의 외용은
변할 수 있겠으나
자연의 마음은 변해서는 안 되겠죠.

그런 것이 아니지요
그래서는 안 되지요
언어의 편리함은 우리에게
문명을 안겨주었지만
그것으로 사람을 이용해서는 안 되겠죠.

은은히 순수해 보이는 사람들에게도
묵묵히 성실과 진실을 추구하는 사람들에게도
마음의 수많은 갈등은 있겠으나
마지막 우리의 모습인 자연의 자존심을 포기해서는 안 되겠죠.

비가 오면 오는 대로…

눈이 오면 오는 대로…

바람 불면 부는 대로…

자연의 본심을 정할 길 없어 헤매는 우리들

그래도 그런 것이 아니지요

그래서는 안 되지요

그것은 언제가 우리는 자연의 고향으로 돌아갈 것이기

때문이랍니다.

오늘 하루

해변가 모래사장에 자신의 발자취를 남기기 위하여
그 자리를 너무 오래 힘껏 누르지 말자

아무리 깊게, 아무리 세게 눌러 보아야
파도가 한번 사뿐히 스치어가면 그뿐…

그것보다는
좀 더 멀리 있는 수평선과 해안선을 바라보며
하늘을 떠다니는 구름과 신선한 바닷새를 바라보며
넓고 멀리 있는 모든 풍경에 마음 주어

모든 이들은 불행할 수도 행복할 수도 있는
모순덩어리의 생물체임을 이해하고
오늘의 불행을 불행으로
오늘의 행복을 행복으로

그 자체의 인정 속에 생명의 존귀함에

감사해야 하는 오늘 하루…

도시인

끝없는 수평선 위에 점점이
떠 있는 저 이름 모를 바위섬
수만여 년의 파도에 이리저리
아름답게 가꾸어진 저 바위섬

저곳에 무엇이 살고 있었을까?

무엇인가의 발자취가 불쾌하여 그것을 지우려는 듯한
새하얀 철썩임만이 눈앞에 아른거린다
수평선가의 석양빛에 잠기어
사라져가는 바위섬 위로 오가는 평화로운 새들…

아! 내 저 자유로운 바닷새와 같은 날개가 있다면
아! 내 저 석양과 같이 그것들을 안을 수만 있다면…

하지만

나는 혼탁한 도시로 떠나야 하는 고정된 동물

나는 나의 순수함을 잊고 생활해야 하는 죄 많은 도시인

어둠 속에 심장을 때리는 파도 소리는

한정된 구조와 일정한 습성으로 형성된 나의 모습을 도려

내는 듯하구나.

사별

눈물이 없어 못 우는 것이 아니라오
가슴이 갈기갈기 찢기는 아픔이 없어
표정 없는 미소를 띠는 것이 아니라오
시야에 가득 찬 어둠을 느끼지 못해
자연스러운 밝은 행동을 하는 것이 아니라오

단지

하늘의 이치에 어긋남이 없이
포근하고 안락한 흙 속으로
돌아가는 고정화된 육체의 편안함을 믿으며

땅 위의 인위적인 모든 환경과
인간으로서의 수없는 갈등을 극복한
형상화된 현실의 마지막 형태이자
자유로운 미래와 끝없이 이어질 영혼임을
굳게 믿기에…

죄인

살아 있으면 원怨
죽으면 한恨

불효자로서 어머니의 가슴 맺힌 원망
무능한 남편으로서 아내의 가여운 원망

원한怨恨을 짊어지고
시간을 이끌어가야 하는
고고苦孤한 심신

목메어 튀어 오른 붉은 피를
아버님 묘소에 제물祭物로 바치고
피눈물 고인 심장으로 하소연하고 싶다

하지만
이 또한 한恨이 되어 돌아올 것이니…

가난

"가난은 죄가 아니다" 그 누가 말했던가?
그는 그 어귀가 역겨워 고뇌의 구역질을 하고 있다
그것은 가진 자의 없는 자에 대한 간교한
회유에 불과하기 때문이다.

없는 자는 하늘이 준 고귀한 시간을
돼지처럼 하루하루 먹고 자는 데 소비해야 하고

없는 자는 인간이 편리를 위해 만들어 놓은 지폐를 위해
인간의 기본 양심을 아주 쉽게 팔아버려야 하며,

없는 자는 있는 자의 기본적 양심과 인격에는 관계없이
"있다"는 단 한 가지 이유만으로 존경을 강요당하고 굽신
거려야 하며

없는 자에게 사회의 법은 하얀 종이에 써놓은 검은 글자에 불과하지만 있는 자에게 있어서는 하루, 한 달, 일 년 아니 평생을 읽어보아도 흥미진진하니

없는 자의 몸의 상처는 시간의 흐름 속에 치유된다 하더라도 마음의 원통한 상처와 고독한 소외감은 어디서, 누구에게서 보상받을 수 있단 말인가?

그러기에 가난하다는 것은 조상과 후대에 죄가 되는 것이다

왜냐하면 인간은 누구나 평등하게 생활해야 하며
삶은 단지 하루하루 먹고 자기 위한 것이 아니며
돈을 위한 소중한 자아의 포기는 고귀한 생명의 호흡마비와 같은 것이기 때문이다.

삶의 평행선

말 없는 평행선의 선로와 맞물린 기차 바퀴의 아우성에
고요한 정적은 흡수되고 그것이 못마땅한 별빛은
구름 속에 숨어버리고 이내 천지를 울리는
커다란 빗방울은 대지를 두들긴다.

번쩍 쿠ㅡ르ㅡ릉ㅡ꽝… 번쩍 쿠ㅡ르ㅡ릉ㅡ꽈ㅡ아ㅡ앙…
천지가 찢길 듯한 하늘의 울음을 안은 빗방울은
썩은 괴인 웅덩이에 자라는
재물의 노예, 거짓, 시기, 오만, 나태의 잡초를 내리 때리고
있다.

아! 어쩌리…
흙탕물 되어 쓸려내려 가는 그 잡초를 잡으려는
시간의 심판을 망각한 인간 있으니…
야! 이 놈들아… 야!이 놈들아…
피 끓는 청운의 외침은 그들에게 실소를 자아내게 한다

외침에 외침에 지쳐버린 그는

순수, 진실, 믿음, 사랑, 노력의 푸르고 곧은 숲을 찾아

헤매다 지쳐버린 그는…

삶의 평—행—선…

사랑과 미움, 진실과 거짓… 그리고 하늘과 땅

언제 어느 곳에서 어떻게 만날 수 있을까?

샛별

간다 간다 하지 마오
떠난다 떠난다 하지 마오
당신이 떠나간다면 맺혀진 응어리
무겁게 짊어지고 떠날 것이요?

오늘이 고통스러워
내일로 가고 싶어 한들
시간을 빌리지 않고
어찌 인력으로 갈 수 있겠소.

잊자 잊자 하지 마오
괴롭다 괴롭다 하지 마오
괴로워 잊으려고 노력한들
눈감으면 정해진 사랑 떠오르지 않겠소?

오늘이 두려워

내일로 가고 싶어 한들

어두운 오늘 밤이 지나지 않고

어찌 밝은 새 아침이 올 수 있겠소.

젊은이

만남과 헤어짐은 강요되어서도 강요할 수도 없는
봄이면 새 생명이 돋고 가을이면 낙엽 되어 사라지듯
하나의 단순한 자연의 순리이기에

잠깐의 만남에 자만과 나태함에 빠지지 말고
필연의 헤어짐에 비굴과 절망에 빠져들지 않아야 할 것이다.

그것은 우리의 삶이 허무의 기다림과 허상의 욕심으로
뒤범벅이 된 이합집산의 순간으로 매듭지어 이루어졌고

순간이라는 것은 영원 속의 작은 공간이기에
우리는 곧은 삶의 정의를 알 수도 없고
알려고 하지 말아야 할 것이기 때문이다.

단지, 일련의 일에 대해서 순간이라는 의식 속에
긴 영원이라는 시공에 우리의 심신을 묻고
사색과 실천 속에 모든 일을 행해야 할 것이다

그러기에

기존의 고정화된 재화도, 명예도, 권력도
그 어느 것도 젊은이의 마음을 약하게 할 수 없으며
그 어느 것도 젊은이의 인생을 어둡게 할 수 없으며
그 어느 것도 젊은이의 자신감을 잃게 할 수 없는 것이다.

그것은 젊은이에게는 모든 것을 소유한 것보다 더 소중한
시간이라는 땀방울이 존재하기 때문이다.

독백에 휘몰아치는 메아리

그는 패배했다.

몇 년 사이에 그것으로 인한 참담한 그의 이름은 어찌할 줄 모르고 괴로워하며 계획과 미래 모습이 깨어짐의 허탈함을 이렇게 마음은 걸레 짜듯 쥐어 비틀어져 헤매고 있다.

가슴은 충혈되고 근육은 한여름 그늘가의 개처럼 늘어져 있고 아픔을 잊고자 오늘 한잔, 내일 한잔 그리고 또 한 잔…

쉼 없이 비어가는 잔과 잔 사이에 후회의 재떨이만이 수북이 쌓여, 육체 안의 니코틴과 타르 그리고 알코올의 변함없는 하루의 일과 시작에 바쁘기만 하고 그사이 병들어 가고 있는 육체의 안타까움조차 게으름과 나태 그리고 허영은 숭고한 영겁의 시간과 위대한 자연을 외면한 시건방 속에 고통과 자책감을 잊고 젊음과 건강은 항상 곁에 있을 것이라는 허상을 안겨주어 가식의 껍데기 생활을 인간의 최고 성공적인 삶으로 믿게 한다.

또한, 모든 후회와 모든 괴로움을 단지 허풍의 말로서 뜻없는 웃음을 지으며 잊고자 한다. 때로는 타인에 의한 자신의 현재 모습이라 생각하며 타인에 대한 배신감으로 자신의 실수를 전가하며 입에 거품을 품고 그를 욕도 해가며 마음의 안정을 찾아보기도 한다.

그리고 자신은 남들과는 다른 그 무엇인가를 꼭 해낼 것이라는 믿음만을 가진 채 오늘의 끈끈한 노력도 없이 내일이 보장되어 있다는 착각 속에 그 잘난 얼굴을 쳐들고 남들의 비웃음을 인정하려 하지 않는다.

어느 날 우연한 일로 인해 자신의 실패를 인정하지 않을 수 없는 시간이 찾아왔고 결국 더럽혀지고 펑퍼진 심신을 부둥켜안고 빨간 토끼 눈의 모습으로 통곡하고 있다.

그러나 어찌하리…
이미 많은 시간과 공간 그리고 주위의 환경은 썩어 지나쳤고 그것들을 인정해야 하는 그 자체만으로도 땅 위를 두 발로 지탱하기 어려울 뿐만 아니라 거울 속에 엉클어진 과거와 미래의 반영에 똥바가지 뒤집어쓴 듯한 현재의 모습에 구역질 나고 하늘 보기가 두려운 지경의 이 순간…

이미 되돌리기에는 너무 늦은 감에 모든 혈관의 피가 멈추는 듯한 황망함에 이제 울고 후회할 기력조차도 없이 포기라는 자아 상실의 깊은 수렁으로 들어가고 있다.

세상의 모든 일들은 하얀 잿빛으로 변해가고 사람들조차 그를 피하는 듯한 자기 비하의 사념 속에 쌓여만 가는 무기력의 하루하루와 지난날의 겁 없던 자신감, 우월감 그리고 젊은이로서의 추진력을 회상하며 그것을 남에게 과시하는 유일한 위안의 하루하루에 결국 자연으로의 복귀를 생각하게 한다.

하지만 이런 독백의 마지막 순간에
차디찬 하늘 아래에서 콜록콜록 군밤 장사 백발노인의 말씀이 귓전을 세차게 때린다.

"이보게 젊은이!" 콜록콜록 카… 퉤~ 이놈의 가래는…
나는 젊은이가 무척 부러워~. 내게 당신과 같은 시간만
있었으면, 당신 정도의 나이라면 나는 천하를 희롱하는
어떤 사람도 부럽지 않을거야…

콜록콜록 카… 퉤~ 내가 60대에 좋은 일이 있었지. 그러나
그때 나는 너무 늦었다고 생각하고 포기했었지.
지금 돌아보니 그때도 결코 늦은 것이 아닌 것이었어. 이
제 80세의 나이에 그 포기가 너무 후회가 되네.그때보다
더 어린 자네가 하는 독백에 한마디 말하고 싶어~

"죽음으로 굳은 육체가 관棺을 통해 이승을 떠나기 직전
처절한 후회가 인생이란 주어진 시간을 단념과 포기 그리
고 절망으로 자학하며 헛되이 보내는 것이기에, 살며 살
아가며 실수나 실패가 있어 괴로워할 수는 있더라도 알
수 없는 내일에 대한 희망을 버리지 말고 오늘에 감사하고
사랑하고 어제를 용서하게나."

공존

작은 사람이 되지 말자
드넓은 창공 속에 떠 있는 해와 달 그리고 수많은 별 중의
지구 속
망망한 대양과 거대한 산맥의 침묵 안에
소유되어 있기에…

작은 사람이 되지 말자
짧고 잠깐 동안의 순간 만남을
허용해준
영겁의 시간 속에 우리의 심신이
소유되어 있기에…

결국,
순수와 진실의 위대한 대자연 앞에
우리의 육체와 마음은
한없이 나약하기에 더욱더 그러하다.

재회

그리움이라는 단어가
부끄러운 시간입니다

어찌도 그 많은 세월을
무심히도 보낼 수 있었을까요?

만남의 시간이 정해진 후에야
다시금 밀려오는 그때 그 시절
정겨움에 눈시울이 뜨겁습니다.

그동안 어디서 어떻게 지냈을까요?
만나면 그때 그 모습 바로 알아볼 수 있을까요?
첫 재회 속에 기쁨의 첫마디는 무엇으로 할까요?

이런저런 생각의 반복 속에
그리움만 살포시 쌓여갑니다

불치

그럴 리가 없다는 희미한 기대감을
깜빡깜빡 비상등에 안고 네 바퀴가 굴러간다

그럴 수 없다고 마음 깊은 속
애잔한 절규의 메아리는 눈물 되어 흘러나오려 한다.

푸르고 서늘한 해는 서쪽 하늘에 어설프게 걸쳐 있고
곧 화사한 봄이 될 겨울의 흰 눈은
더욱더 밝아지는 비상등에 아랑곳않고
침침한 어둠 속으로 녹아든다.

쉼 없이 율동하는 무심한 와이퍼는
억누르고 있는 빗장을 풀어
거세게 뿜어나올 눈물의 시야로 안내한다.

그럴 리가 없다는 희미한 기대감과

그럴 수가 없다고 깊은 마음 속

애잔한 절규의 메아리는 끝내

눈물 되어 눈물 되어 터져버렸다.

혼자이기에

봄이 되면 피어오르는 새싹들
어느덧
낙엽 되어 이듬해의 제 모습 약속하며 사라진다.

생활 소용돌이에 당황하는 시간의
짧은 움직임으로
되돌아갈 수도 되돌릴 수도 없는
이곳에 서 있다

먼지 쌓인 숫자로 나열된
전화번호 벨소리 속에는
만져질 듯 익숙한 목소리만 웅얼거리고
빛바랜 석양에 스며든
그림자만이 길게 드리워져 있다.

이미 희미해진 혼자라는 외로움은

그래도 한때 즐거웠던

웃음마저도 잊게 한다.

기약 없는 혼자이기에…

의문

누군가 "왜 사느냐?" 묻는다면
오히려 "죽는 것이 무엇이오?" 물어보겠소

어제는 오늘, 오늘은 내일…
내일은 다시 어제인 울타리에 벗어나지 못하는
인간들의 천태만상 생활과 시간 속에

그 무슨 의문이 그토록 많소?
그 무슨 욕망이 그토록 많소?

누군가 "행복하세요?" 묻는다면
오히려 "행복이 무엇이오?" 물어보겠소

사랑이란

그대를 아끼고 위해주며
이해의 마음으로 들어가고 싶다면

좀 더 넓은 울타리와
좀 더 깊은 정감과
좀 더 긴 시간을 가지고 그리워해야겠지

그것은 또 다른 이별이란
아쉬움에 마음 흐느끼는 것,
서로의 가슴 속에 담겨 있는
순수함이 손상되는 것과
아름다움 추억과 영상의 색바램을 염려하기 때문이지

고고 苦孤

당신은 외롭다 생각하십니까?

그렇습니다 말하는 순간

당신은 더 이상 외로운 것이 아니랍니다.

외로움은 감각조차 없는 마음의 응어리이기 때문입니다.

당신은 슬프다 생각하십니까?

그렇습니다 말하는 순간

당신은 더 이상 슬픈 것이 아니랍니다.

슬픔은 표현이 아닌 마음속 말 없는 눈물이기 때문입니다.

당신은 고통스럽다 생각하십니까?

그렇습니다 말하는 순간

당신은 더 이상 고통스러운 것이 아니랍니다.

고통은 너무도 벅차기에 어떤 생각도 없기 때문입니다.

당신은 누구를 미워하고 있습니까?

그렇습니다 말하는 순간

당신은 더 이상 누구도 미워하는 것이 아니랍니다.

미움은 잊어버린 무관심보다는 감정이 있기 때문입니다.

외로움, 슬픔, 고통, 미움…

인간이 느낄 수 있는 어떠한 감정도

혼자라는 것에 익숙해진 영혼보다는

편안한 것이라고 당신은 생각하십니까?

산다는 것은

가혹한 환경의 변화 속에 적응하며
살아가야 하는
주체적 존재 있으니
그 바로 인간이어라

적응의 고통을 어제의 일로, 안정의 환희를 내일의 꿈으로
오늘을 힘겹게 생활해야 하는
환상에 얽매인 존재 있으니
그 바로 인간이어라

그래서
산다는 것보다 살아가야 한다는 것을
체험하면 할수록
커지는 삶의 속임수를 모른 체하는 것이
인간의 근본적인 고통이어라

이래서 아프고 저래서 슬퍼도

망각의 생활로 안주시키면서

생명의 존귀함을 포기할 수 없는 것이

인간의 면면히 이어온 조상에 대한 책임과 의무이어라

슬픈 파티

슬픈 여인이 노래를 부르지 않고 있습니다.
운율이 행여
깨질까 염려되기 때문일까요?

그러나

우연히 뒤돌아선 그 여인의
눈가에는 까닭 모를
슬픈 노래가 아쉽게 흐르고 있습니다.

그 가락에 장단을 맞추어
덩실덩실 힘겨운 어깨를 들어봅니다.
언제나 이 어둠의 파티는 끝이 날까요?

내일의 아침 해가 고통스럽다

아니야 아니야 이것은 남의 일이야
밤새워 고민해도 무심한 아침 해는 떴다.

누군가에게 어디엔가 말을 하고 싶어도
이해보다 질타의 두려움에
하루가 이렇게 길었나?

그것에 해결보다 도피의 마음이 커지고
이제는 아무런 느낌조차 없는
혼자가 된다.

자신을 믿고 사랑하는 가족과 지인 앞에
죄인처럼 한없이 작아지는 혼미한 자신 보며
어떻게 이런 지경까지 되었나
원망과 후회 속에
내일의 아침 해가 고통스럽게 느껴진다.

그래도 인간의 힘으로 아침 해가

다시 뜨지 않는

어두운 밤의 연속으로 억지로 해서도 안 되니

평범한 일상의 간절함을 새기며

다시 한번 힘내어 걸어야 한다.

사람은 왜 사는 것일까?

빛이 없는 컴컴한 길을 걷는다.
두려움과 공포가 엄습한다.
이때 사람들은 죽고 싶어 하지만
죽는 것의 두려움에 죽지 못해 살아가고 있다.

하지만 더 이상의 희망과 꿈이 없을 때
사람은 왜 사는 것일까?

정말 어려운 문제이고 해결할 수 없다면
초가 다 녹으면 촛불이 꺼지듯이
그냥 그렇게 사는 것도 한 방법이겠지만
그조차도 쉽지 않은 것이 현실이다.

그것은 무기력이 죽음의 길인 것을 알지만
인연의 굴레가 존재하기에 그렇게 할 수 없기 때문이다.

하루가 고통으로 서 있기조차 힘들어도
끊을 수 없이 연결된 인연….
살면 살수록 인생의 길을 알 수 없는 하루
오늘 이 순간 그래서 살고 있다.

하지만 내일은 알 수 없다.
끊을 수 없는 인연이 속절없이 끝날지….

연우緣友

푸념을 안주로 하는 술잔에
원망이 가득 차고

세월의 야속함이
소복이 쌓인 담배 연기 속에

세상에 대한
끊임없는 독설에 아랑곳없이

알 수 없는 미소로
묵묵히 들어주는 친구

그 이름 연우緣友이어라

내 탓

하얀 하늘과 검은 구름 아래
흐느끼는 영혼 있으니

무엇 때문에 그리되었소
무엇이 그렇게 만들었소

이리저리 둘러보아도
희미한 안개에 보이지 않는 걸음 속

후회와 원망으로
남의 탓을 하고 나니

들려오는 메아리는
그도 저도 아닌 내 탓이라 하네

바보

하루 24시간, 한 달 30일, 일 년 365일
일상이 달리 보이지 않아도
순간순간 변화무쌍하나

그것을 알지 못하고
그것은 알려 하지 않고
무심히 흘려버리는 인간은 바보이구나.

그러나
자전自轉 속도만큼 빠르게
흘러가는 세월을 잊은 채
알 수 없는 내일에 대한 걱정으로

오늘 지금 이 순간을 낙담落膽으로
무심히 흘려버리는 인간은 더 큰 바보이구나.

기도

살며 살아가며
가슴 저리는 기도 있으니

부끄럽지 않은 아들
부끄럽지 않은 남편
부끄럽지 않은 아빠

하늘 아래 발을 두고 사는 시간 동안
꼭 이루어지게 하소서

서로 손 꼭 잡고

어디선가 만나 본 듯
편안한 당신과 나, 나와 당신 그리고
사랑의 자물쇠 열호랑과 자고미

왜 이제야 만나게 되었나?
아쉬움과 안도감, 안도감과 아쉬움
이제 우리 서로 손 꼭 잡고 놓지 말아요.

열호랑   자고미

사랑의 자물쇠

사랑의 자물쇠는

생명의 근원인 열정과
평안한 지혜로
믿음의 등대 되어,

우리들의 인연이
영원할 수 있도록
만남의 길잡이 되리라.

행복한 꿈을 꾸어요

열호랑과 자고미는 날개가 있어
맑고 푸른 하늘을 평안하게 나는
행복한 꿈을 꾸었습니다.

그 기쁨으로 지내던 어느 날
아름다운 행운으로 높고 넓은 하늘을
활기차게 함께 날게 되었습니다.

하루하루 가슴 벅찬 희망 속에
삶은 새롭고 신비롭기까지 합니다.

행복한 꿈을 꾸세요
꼭 이루어집니다.

두 손 모아 행복을 받아요

이제 눈물이 멈추었나요?
왜 이렇게 되었나 궁금하나요?

이전과 같은 생활을 어찌 생각하나요?
모든 것이 달라진 것에 놀라지 마세요

그것은 당신이 당신을 믿지 못했고
내일의 자신감이 없었다는 것을 깨달았고

더 이상 생각하고 싶지 않은 야속한 고통이
사라질 때까지 잘 서 있었기 때문입니다.

이제부터 당신을 스스로 사랑하고 믿으세요
그리고 운명에 긍정적 확신을 가져요.

어디선가 기쁨과 희망의 소리가 들려오지 않나요?
고생 많았어요. 두 손 모아 행복을 받아요.

삶의 질서

어두운 밤이 지나
밝은 아침 해를 맞아

가슴 핀 흥겨움에
생활의 기본을 잊고
순간의 환희에 빠지는

우리는 갈대와 같이
흔들흔들
망각의 동물이지만

긴 세월의 고통을 포옹하며 지내던
사랑의 눈물을
잊어서도 잊을 수도 없기에
오늘이란 시간에 겸손해야 합니다.

은혜

왕의 운명으로 태어난 자
자긍심과 우월감 있어도

그 자리에 오르기에

표현할 수 없는 고난과 외로움 속
긴 세월 조롱을 감내하며
곁에 있는 인연에 피해와 아픔도 감수하고
모진 풍파를 이겨내야 한다면

차라리 백 년도 못사는 하루살이 인생을
허허실실 평범하게 개떡으로 살고 싶어라

그러면
인연의 노고와 원망을 어찌해야 할까?

그 은혜 잊지 못해

그 운명 받을 수밖에 없구나.

우리 모두 어깨 쭉 펴고 외쳐봐요.

나는 왕이로소이다.

자유

포천시 지동마을에 천 년 된 은행나무가 있습니다.
어느 날 그 천년수에 질문했습니다.
"당신은 자유가 있는지요?"
천년수는 "자유는 당신에게 있습니다" 답을 합니다.

이해할 수 없어 거대한 천년수 위에 있는
높고 높은 하늘에 질문했습니다.
"당신은 자유가 있는지요?"
하늘은 천년수와 똑같이 "자유는 당신에게 있습니다" 답을 합니다.

천년을 지내온 천년수와 무한의 하늘이
어떻게 백 년도 살지 못하고 유한한 인간에게
자유가 있다고 하는지 알 수 없는 터에
흐르는 계곡물에 발을 담그고 생각에 잠겨봅니다.

"시공에 제한된 우리의 육체가 어찌하여
가장 자유로운 객체로서 살아간다는 것일까?"

빠르게 흘러가는 차가운 계곡물은 말하고 있습니다.
당신은 지금 계곡물의 경쾌한 소리와 시원함을 느끼고 있지만
오랜 세월의 천년수와 끝 모를 하늘은 아무런 느낌이 없습니다.
지금 이 순간 그것을 느낄 수 있는 당신은 자유로운 것입니다.

높은 산 사이로 불어오는 바람 소리가 말을 전해주네요
희로애락을 느낄 수 있는 오늘이라는 하루가
천지 만물 무엇에게나 주어진 것이 아닌 선택받은 당신에게 있기에 오늘이라는 시간에 겸손하세요.

그리고 바람같이 흘러가는 세월 속 오늘의 자유를 향유하세요.

마무리 글 /

오늘의 고통이 내일은 아름다운 추억으로
斷抛絕感愛容 / 助佳苦安慈仁內

많은 이들의 축복 속에 태어난 소중한 생명이 우는 것은 왜일까요? 학술적 이유가 따로 있겠지만, 혼자서 힘들고 거친 이 세상을 어떻게 살아갈까? 하는 막막함 때문은 아닐는지요. 이후 성장을 하며 초중고의 학창 생활은 대학이라는 생애 최초의 사회적 비교라는 관문을 넘기 위해 혹독한 고통을 겪게 됩니다.

그러나 이 험난한 산을 넘어본들 남자라면 군대라는 더 높은 산을 마주할 때가 되면 절망을 겪게 되고, 그것을 피할 수만 있다면 어떤 일이라도 할 수 있을 것으로 생각합니다. 그러나 대부 생각만 할 뿐 그 어려운 과정을 겪고 살아가게 됩니다.

이것 역시 삶의 과정일 뿐 또 다른 관문이 기다리고 있습니다. 즉, 결혼과 취업이라는 높고 높은 산을 만나게 됩니다. 이때는 이전의 생활과는 전혀 다른 비교를 당하며 단념과 포기의 고통을 강요당하게 됩니다.

즉, 살기 위해 취업을 해야 하고 인간의 본능에 충실하기 위해 결혼하려 노력도 하지만 이 관문 역시 호락호락하지 않습니다. 취업을 하고 결혼을 해도 반복되는 똑같은 생활과 사회적 비교(경제적 상황과 진급 등)로 인해 피곤함과 아쉬움에 잠겨 길고 긴 하루를 보냅니다.

하지만 하루는 길어도 한 달은 짧고 1년은 더 짧기 마련입니다. 태어난 간지의 해가 다시 돌아왔음을 뜻하는 아주 짧은 환갑이 되어, 과거를 돌아볼 때 행복 속에 크게 웃으며 즐거워했던 시간은 얼마나 될까 생각해 봅니다. 그것은 손가락으로 셀 수 있을 정도일 뿐입니다. 즉, 대학 합격/군 제대/취업 성공/결혼/자녀 출생 등을 제외한 나머지의 시간은 나이에 맞는 성과를 위한 노력 속에 피말리는 기다림이 거의 전부입니다.

그러면 행복보다 그것을 기다리며 노력하는 고통이 많은 인생을 왜 살아야 하는 것일까? 하는 의문이 들지만, 그것은 우문입니다. 그것은 사람은 태어날 때부터 외롭게 혼자 태어나 함께 살아가야 하는 태생적 운명과 어두운 밤이 지나면 밝은 아침이 오는 진리 속에 우리는 많은 사람과의 인연으로 고통과 행복을 함께 느끼며 산다는 것을 잘 알고 있기 때문입니다.

．

　다시 말하면, 삶의 대부분이 길고 긴 기다림의 연속이지만 그것은 주위의 인연들과 희로애락을 함께 겪기에 살만한 가치가 있다는 것을 의미합니다. 그렇기에 우리는 항상 순간순간에 감사感謝하고 사랑愛하며 고통을 준 사람조차도 용서容恕를 하며 생활해야 합니다. 또한, 생명은 본인 혼자서 결정할 수 없다는 것을 뜻하기도 합니다. 지금 이 순간에도 수많은 인연과 연결되어 함께하고 있다는 것을 마음속에 새겨야 합니다.

　만약 지금 이 순간 너무도 고통스럽고 내일의 희망이 없어 막막하여 주위의 인연과 극단적 단절을 하고 싶은

분들이 있다면 매사에 단념斷念하지 말고, 포기抛棄하지 말고, 절망絶望하지 말아요. 고통을 아름답게 승화시키려는 노력이 면연하면助佳苦 편안함과 사랑이 넘치고安慈 어진 마음이 내면에 충만해져서仁內 오늘의 고통이 내일은 아름다운 추억 되어 행복하게 살 수 있기 때문입니다.

끝으로 서 있을 힘도 없고, 아무것도 먹고 싶지 않고, 사람과 만나기도 싫고, 말하기 싫어도 아름다운 고통을 위해 버티세요. 언젠가 원하는 그때가 올 것입니다. 그 후 할 말이 많을 것입니다. 고통 없는 행복은 절대 없으며 주위의 인연을 생각하여 힘내세요.

그리고 혼잣말하세요.

斷抛絶感愛容(단포절/감사용)
助佳苦安慈仁內(조가고/안자인내)

온생 **김의순** / 우진 **임춘식**